NEW ROCHELLE PUBLIC LIBRARY

P9-BBP-657

Alma Flor Ada • F. Isabel Campoy

Sonrisas

de

Pablo Picasso
Gabriela Mistral
Benito Juárez

Ilustrado por Rosario Valderrama y Francisco González

SANTILLANA USA

AUG 2017

© Del texto: 2000, Alma Flor Ada y F. Isabel Campoy
© De esta edición:
2016, Santillana USA Publishing Company, Inc.
2023 NW 84th Ave, Doral, FL 33122

PUERTAS AL SOL / Biografía A: *Sonrisas*

ISBN: 978-1-63113-548-4

Dirección de arte: Felipe Dávalos
Diseño: Petra Ediciones
Editores: Norman Duarte y Claudia Baca
Portada: Felipe Dávalos
Montaje de Edición 15 años: GRAFIKA LLC.

ILUSTRADORES
FRANCISCO GONZÁLEZ: pp. 23–29
ROSARIO VALDERRAMA: pp. 14–20

Todos los derechos reservados. Esta publicación no puede ser reproducida, ni en todo ni en parte,
ni registrada en, o transmitida por un sistema de recuperación de información, en ninguna forma ni
por ningún medio, sea mecánico, fotoquímico, electrónico, magnético, eletroóptico, por fotocopia
o cualquier otro, sin el permiso previo por escrito de la editorial.

Published in the United States of America
Printed in the USA by Bellak Color, Corp.
20 19 18 17 16   1 2 3 4 5 6 7 8 9

Índice

A Carmen Ceular y Pilar Ortiz,
que marcan la historia sabiamente.

A Marina Mayoral, pintora
de palabras, escritora del color.

Pablo Picasso

Autorretrato con paleta, 1906.

Picasso
es un gran pintor.
Pinta palomas,
pinta personas
y también pinta el mar.

Picasso nació
en Málaga, España,
en 1881.
Aquí aparece con
su hermana Lola.

Niña con paloma, 1901.

Mujer en sillón rojo, 1932.

Picasso
es un gran inventor.
Inventa formas,
inventa colores
y también una forma
de mirar.

España está en Europa.

A los quince años,
Picasso pintó así
a su familia.

Velada familiar, c. 1896.

Picasso
es un gran artista.
Nos enseña a jugar,
a usar los ojos y
los colores, a ¡adivina,
adivinarás!

Mujer con flor, 1932.

Picasso tiene los ojos grandes para mirar y mirar.
¿De quién es este retrato?
¿Lo puedes adivinar?

Autorretrato, 1907.

Picasso pintó el cuadro *Ciencia y caridad* a los dieciséis años.

Ciencia y caridad, 1897.

**Pablo se fue a vivir
a París, Francia.**

Mujer en azul, 1901.

Otras veces Picasso
nos hace pensar:
¿Qué pasa en este cuadro?
¿Qué va a pasar?

Mira bien a esta niña.
Se llama Maya Picasso.
Tiene en sus manos un barco
y en sus ojos… ¿qué tendrá?

Picasso tenía
dos hijas y dos hijos.
Aquí aparece con
un hijo y una hija.

*Niña con barco
(Maya Picasso)*, 1938.

Las Meninas, basado en Velázquez, 1957.

Picasso es un pintor genial.

Nació en España y llegó a ser universal.

A Picasso le gustaba jugar.

Gabriela Mistral

Lucila era una niña callada. Pero miraba todo con sus grandes ojos verdes. Observaba a los pájaros y a las montañas.

Lucila vivía con su mamá en Vicuña, Chile.

Desde temprana edad, Lucila fue muy estudiosa.

Lucila era muy pobre.
No pudo ir a la escuela
hasta los nueve años.

En la escuela, Lucila tenía un trabajo.
La directora era ciega.
Lucila le servía de guía.

Nació en
Chile,
en América
del Sur.

Lucila siempre tuvo que trabajar para poder tener libros y cuadernos y lápices.

Pero estudió mucho también y así se hizo maestra.

Entonces se cambió el nombre para llamarse Gabriela Mistral.

Gabriela leía mucho cuando era maestra en Punta Arenas, ciudad al sur de Chile.

Gabriela Mistral
escribió poemas
a los niños,
a las niñas,
a las madres,
para que todos se ayudasen,
para que la gente fuese feliz.

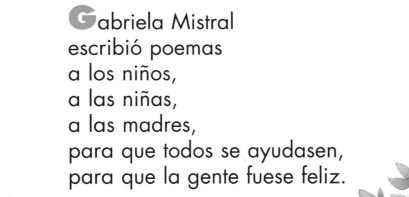

Aquí está con sus alumnas
de una escuela de
la ciudad de Temuco.

Y sus poemas se hicieron famosos.

Un día a Gabriela le dieron
el premio literario más importante
del mundo: el premio Nobel
de Literatura.

Gabriela fue a Suecia a recibir
el premio Nobel.

A su regreso a Chile,
miles de niños,
¡cuarenta y cinco mil niños!,
se reunieron en un estadio
de fútbol a recitar
sus poemas.

Vivió momentos
muy emocionantes.

Gabriela Mistral amaba a los niños.
Aprende estos versos de un poema suyo.

Los ríos son rondas de niños
jugando a encontrarse en el mar...
Las olas son rondas de niños
jugando este mundo a abrazar...
a abrazar.

Era amiga de muchos
escritores.

Benito Juárez

Oaxaca es una ciudad hermosa de México. Muy cerca de ella nació Benito Juárez.

Cerca de Oaxaca nació Benito Juárez.

Benito era de origen zapoteco.
Tenía dos hermanas mayores.

Cuando tenía tres años,
murieron su mamá y su papá.

Oaxaca está en México.

Benito y sus hermanas se
fueron a vivir con sus abuelos,
pero pronto ellos también murieron.

Benito
y sus
hermanas
quedaron
huérfanos.

Era difícil
trabajar la tierra.

Las hermanas se fueron
a trabajar a Oaxaca.

A Benito lo enviaron a vivir
con su tío. En casa de su tío,
Benito ayudaba en los trabajos
del campo.

Un día Benito Juárez se fue a
buscar a sus hermanas a Oaxaca.
Ellas lo ayudaron y él pudo ir a la escuela.
Por las noches trabajaba.

Por fin
consiguió ir
a la escuela.

Era un
hombre
justo.

A Benito le gustaba estudiar.
Estudió para ser abogado.
Y llegó a ser juez.
Benito siempre defendió a los pobres.

Entrada del general Scott a la Ciudad de México. Septiembre de 1847.

En 1846 hubo una guerra entre Estados Unidos y México.

México perdió la guerra y la mitad de su territorio.

Fue una gran derrota para México.

Benito Juárez fue presidente
de México.

Siempre luchó para que los niños
pobres pudieran ir a la escuela.

Era un hombre bueno, un hombre justo.

**Fue un presidente
muy justo.**

"El respeto al derecho ajeno es la paz."

Benito Juárez